AF332825

LE MARTYRE DE SAINT LAVRENT,

Tiré des Vers de Prudence.

A PARIS,

Chez CHARLES SAVREVX, au Pied de la Tour de
Noftre Dame, du cofté de l'Archeuefché.

M. DC. LXII.

Auec Priuilege du Roy, & Approbation des Docteurs.

A LA REYNE MERE.

ADAME,

Ie n'aurois pas oſé faire paroiſtre le nom de VOSTRE MAIESTE' à la teſte d'vn ſi petit Ouurage, ſans vn engagement auſſi particulier qu'eſt celuy où je me ſuis trouué. Toute la Parroiſſe de S. Laurent, dont Dieu m'a rendu le Paſteur, eſt encore ſurpriſe, MADAME, de la charité de VOSTRE MAIESTE' qui luy a fait prodiguer de ſi grandes ſommes pour le nombre extraordinaire de ſes pauures, & prin-

ã ij

cipalement pour les enfans pour lefquels elle a témoigné vne tendreffe de Mere. Elle ne peut plus regarder ces enfans fans fe fouuenir auffi-toft de V. M. & elle ne croit les deuoir apres Dieu qu'à voftre compaffion & à vo-ftre affiftance. V. M. MADAME, a donné la vie à tous ces petits innocens que cette fami-ne derniere auroit fait mourir : & voftre cha-rité Royale a préuenu les dernieres extremi-tés où alloient tomber ceux qui commen-çoient à peine à goufter la vie. Ces enfans, MADAME, reconnoiftront vn jour cette gra-ce fi extraordinaire, & je ne leur fouhaite qu'v-ne longue conferuation de voftre Perfonne Royale, afin qu'ils puiffent auoir la confola-tion de benir la main qui leur a redonné la vie, & de voir vn jour de leurs yeux vne Rey-ne fi Augufte, qui n'a pas crû rabaiffer fa gran-deur en regardant leur mifere, parce qu'elle a confideré en eux IESVS-CHRIST mefme, qui les regardoit comme fes membres. Mais ceux à qui appartiennent ces enfans n'ont pû differer, MADAME, de tefmoigner à V. M. le reffentiment qu'ils ont d'vne charité qui leur a esté si auantageuse. Et comme c'est par mes mains qu'ils ont ressenty les faueurs de V. M. c'est aussi par ma voix qu'ils luy en veulent témoigner leur recōnoissance. C'est ce que nous auons tasché de faire tous ensemble en dediant à V. M. l'Office & la Vie d'vn Saint qu'elle a tesmoigné honorer particulierement, puisqu'elle a procuré sa protection sur Monseigneur le DAVPHIN, qui est aujourd'huy l'esperance & la joye de toute la France, comme il estoit autrefois l'objet de ses vœux. Nous ne doutons pas, MADAME, que ce grand Saint n'ait veu & qu'il n'ait esté touché de cette charité que vous venez de faire paroistre dans vne Parroisse qui se glorifie de l'auoir pour Protecteur. Il prendra part, MADAME, à nostre ressentiment, & attirera sur ce Royal Enfant les graces que V. M. luy souhaite pour reconnoistre celles qu'elle a faites aux enfans qu'il a veu deuenir Chrestiens dans vne Eglise qui porte son Nom, & où tout Paris s'empresse de le venir honorer. Ce present, quoy qu'il soit petit, aura au moins cette proportion auec V. M. qu'il ne contient que la vie & les

loüanges d'vn Saint qui s'eſt ſignalé par ſes aumoſnes, comme V. M. vient de faire en cette
rencontre. Et ſi l'Egliſe dit à l'honneur de S. Laurent que la memoire de ſes aumoſnes & de ſes
liberalités ſera eternelle ; j'eſperé, MADAME,
qu'on dira à ſaint Laurent la meſme choſe de
V. M. & qu'on s'y ſouuiendra éternellement
des liberalités qu'elle y vient de faire. C'eſt à
quoy nous voulons conſacrer ce petit Ouurage, qui fera paſſer d'âge en âge, & des peres
aux enfans le ſouuenir de vos Aumoſnes, & la
profonde reconnoiſſance, que vous en té-
moigne au nom de toute cette Parroiſſe celuy
qui en eſt le tres-indigne Paſteur, & qui eſt
auec vn profond reſpect,

MADAME,

DE VOSTRE MAIESTÉ,

Le tres-humble, tres-obeïſſant & tres-fidelle
ſeruiteur & ſujet
N. GOBILLON, Docteur de la Maiſon &
Societé de Sorbonne, Curé de S. Laurent.

LE MARTYRE
DE SAINT
LAVRENT,

Tiré des Vers de Prudence.

ROME, *Auguste Reine du monde,*
Qui jadis dreſſas tant d'Autels
Aux plus infames des Mortels,
Et qui fus en Dieux ſi feconde ;
Maintenant que l'Erreur a fait place à ta Foy,
Que ta grandeur ſuperbe a I E S V S pour ſon Roy,
Et ſoumet à ſa Croix tout l'éclat de ta Gloire ;
Chante l'heureux combat de l'illuſtre L A V R E N T
Qui ſignala ton nom par ſa noble victoire ;
Et mourant dans ton ſein deuint ton Conquerant.

A

Apres auoir par ta vaillance
Dompté tes plus fiers ennemis,
Et vû tant de Peuples soûmis
A ton orgueilleuse puissance.
Il falloit declarer la guerre à ces faux Dieux
Que le crime & l'erreur ont placez dans les Cieux,
Plus dignes d'éprouuer, que de porter la foudre :
Tu deuras à L A V R E N T ces illustres exploits,
Et Dieu mettant par luy tes Idoles en poudre,
Fera regner I E S V S au Trône de tes Rois.

Sa foy dans cette rude guerre
L'arma de force & de vigueur !
Elle suffit à son grand cœur
Pour combattre toute la terre.
Ce celeste Heros ayant Dieu pour soûtien,
Ne voulut point verser d'autre sang que le sien
Qu'on luy vit à longs flots prodiguer auec joye :
Et l'horrible appareil de la flame & du feu
Seruit à sa constance à s'y donner en proye
Pour vaincre en sa mort mesme & la mort & l'enfer.

Ce fut ce courage heroïque
Que le Saint Pontife de Dieu,
XISTE, dans le dernier Adieu
Vit en luy d'vn œil prophetique.
Allant d'vn fer tranchant ſentir le rude effort,
L'Inuincible Laurent court au lieu de ſa mort,
Percé juſques au cœur d'vne douleur amere :
Quoy vous mourez, dit-il, & moy je ne meurs point !
Qu'a donc fait voſtre fils pour ſuruiure à ſon pere ?
Pourquoy ſeparez-vous ce que le Ciel a joint ?

Eſt-ce que ma foy degenere
De ſa premiere pureté
Et dément cette fermeté
Qu'exige vn ſi haut miniſtere ?
Sondez donc voſtre choix, éprouuez, ſaint Paſteur,
Si du ſang de IESVS eſtant diſpenſateur,
Ie ſuis preſt de luy rendre & mon ſang & ma vie.
A ces mots il ſoûpire, & ſa viue douleur
Peinte ſur ſon viſage & de larmes ſuiuie
Luy coupe la parole & luy ſerre le cœur.

Mon fils , ta conſtance guerriere
Luïra , dit Xiſte , auec éclat ;
Dieu te prepare vn grand combat ,
Et t'ouure vne illuſtre carriere.
Pour nous autres vieillards , foibles , à demy morts,
Vne legere épreuue épuiſe nos efforts ,
Et noſtre ame ſouuent ſe plaint de la vieilleſſe :
Mais le Ciel te reſerue vn champ digne de toy ;
L'Enfer exercera ton ardente jeuneſſe ,
Dieu , mon fils , dans trois jours couronnera ta foy.

A ces mots Laurent ſent ſon ame
Reprendre ſa premiere ardeur ;
Il inſtruit déja ſon grand cœur
A ſouffrir le fer & la flame.
L'objet de ſes tourmens forme tous ſes plaiſirs,
Trois jours paroiſſent longs à ſes brûlans deſirs,
Il s'immole cent fois & preuient ſon martyre.
D'vn pere ſi chery le fils voyant le ſort
Perd ces reſſentimens que la nature inſpire ,
Et la mort qu'il eſpere adoucit cette mort.

l'Oracle

L'Oracle de ce diuin Maiſtre
Se vit bien toſt executé;
Et ſa celeſte verité
Ne ſe fit que trop reconnoiſtre.
Mais puis-je icy tenter par mon foible pinceau
De retoucher les traits de ce rare tableau
Et de peindre en mes vers cette tragique Hiſtoire?
Eſprit, par qui ce Saint fit de ſi grands exploits,
Egale ma penſee à l'éclat de ſa gloire,
Anime mon eſprit, & rehauſſe ma voix.

LAVRENT, des ſept graues Leuites
Qui ſeruoient l'Autel du grand Dieu
Tenoit alors le premier lieu
Par ſon rang & par ſes merites.
L'Egliſe entre ſes mains dépoſoit ces ſecrets
Que par l'ordre ſacré de ſes ſages decrets
Elle dérobe aux yeux de la troupe fidele:
Et les dons que le Peuple offre à Dieu de ſon bien
Par ſes ſoins vigilans, & l'ardeur de ſon zele
Eſtoient des affligez l'azile & le ſoûtien.

C'eſt contre ces ſaints exercices
Que s'irrita la cruauté ;
C'eſt cette haute charité
Qu'on vangea de tant de ſupplices.
D'vn barbare Prefet la ſacrilege faim
Cherchant dans ces treſors ſa proye & ſon butin,
S'en fait l'aimable objet d'vne illuſtre conqueſte.
Son deſir violent ne peut plus ſe trahir :
Son cœur auare éclate, & ſa rage s'appreſte
A tout mettre en vſage & ſe faire obeïr.

Dans cette inhumaine entrepriſe
Ce Miniſtre de Lucifer,
Ce digne organe de l'Enfer
Attente ſur toute l'Egliſe.
Il fait citer LAVRENT : Et quoy que la fureur
Le conſume au dedans & deuore ſon cœur,
Il deffend à ſon feu d'enflammer ſon viſage.
Il feint d'eſtre clement : il prend vn air nouueau ;
Et ce Tygre alteré de ſang & de carnage,
Pour tromper les Agneaux , parle comme vn agneau.

Ie suis touché de vos miseres,
Luy dit ce Prefet inhumain,
Et je veux terminer enfin,
Tous ces traittemens si seueres.
Rome a tort d'exposer vos corps à tant de maux;
D'vser le fer sur vous, de lasser les bourreaux,
Et d'estre ingenieuse à trouuer des supplices.
Ie fais pour les Chrestiens de plus heureux projets;
Ie veux à l'auenir bannir ces injustices,
Et je mettray ma gloire à vous donner la paix.

Mais prenez part à mon ouurage,
N'en arrestez pas le succez;
Faisons cesser ce long progrez
De maux, de meurtre & de carnage.
Commençons dés ce jour : vous auez des tresors,
L'Estat en a besoin : donnez les sans efforts.
Preuenez sagement sa puissance seuere.
Achetez à ce prix Cesar & son amour;
Il vous fut vn dur Maistre; il deuient vostre pere,
Et veut que sa bonté vous gouuerne à son tour.

Que font à vos ceremonies
Ces vases d'or si pretieux,
Ces Chandeliers prodigieux,
Et ces richesses infinies?
I E S V S que vous seruez comme vn Dieu sans pareil,
A paru mépriser ce pompeux appareil
Dans lequel aujourd'huy vostre secte l'immole.
Vous deuez retracer ce qu'il fit en ses jours.
Tout son tresor, dit-on, ne fut que sa Parole;
Donnez-nous vos tresors, & gardez ses discours.

L A V R E N T, d'vne perfide atteinte
Estouffant le ressentiment,
Elude ce déguisement
Par vne reciproque feinte.
Ouy, Seigneur, luy dit-il, nostre Eglise a de l'or,
Ie consens à vos yeux d'exposer son tresor:
Vous verrez sa richesse & sa magnificence :
Vous ne comprendrez pas nos biens prodigieux,
Et contemplant bien-tost nostre rare opulence,
Vostre cœur estonné ne croira pas ses yeux.

Le

Le Prefect s'emporte de joye
Aux promeſſes de ce Treſor,
Et deuore déja cet or
Qu'il regarde comme ſa proye.
Ce ſuperbe inuenteur de noires fictions
Voyant l'heureux ſuccez de ſes illuſions,
Du haut de ſa fierté contemple ſon ouurage.
Il offre au grand LAVRENT ſon bras & ſon ſecours
S'il trouue quelque obſtacle à ce deſſein ſi ſage ;
Et pour l'executer , il luy donne trois jours.

Lors LAVRENT plein d'impatience
Suiuant l'ardeur de ſes tranſports
Fait pour amaſſer ces Treſors
Vne incroyable diligence.
Il part , il court , il vole , & ſans diferer plus,
De pauures , d'indigens , d'aueugles , des perclus
Il raſſemble ſoudain des cohortes nombreuſes.
Et ce Peuple hideux montre en vn meſme lieu,
Dans le ſombre appareil de ſes troupes affreuſes,
La pauureté de Rome , , & les Treſors de Dieu.

C

Iamais des deſtins redoutables
On ne vid mieux le triſte choix,
Ny la pauureté ſous ſes loix
Enchaiſner tant de miſerables.
Mille hommes differens d'habits & de couleurs
De viſages, de maux, de poſtures, d'humeurs
Iettent dans les eſprits vne terreur profonde.
Et leur diuerſité s'accorde en ce ſeul poinct
Qu'ils ſont tous déuoüez aux rebuts de ce monde,
Et que ſa dureté ne les reconnoiſt point.

On void les dernieres tendreſſes
De ce Heros ſi genereux
Sur tout ce Peuple mal-heureux
Se répandre en mille largeſſes.
Sa main leur donne l'or, il les flate des yeux,
Puis à l'entour des murs d'vn temple ſpacieux
Arrange affreuſement ces legions ſauuages.
Et dans le doux plaiſir de ces jeux innocens
Qui luy vont tant couſter de ſang & de carnages,
Il conſume le jour qui va finir ſes ans.

Que fais-tu, Guerrier indomptable?
Où te precipite ta foy?
Pourquoy prouoquer contre toy
D'vn Tyran la haine implacable?
A te voir de la sorte irriter son courroux,
Piquer son auarice & brauer tous ses coups,
Il semble que les maux soient vn bien qui te touche?
Les autres en fuyant éuitent le trepas:
Mais toy, tu le preuiens, & d'vn Tygre farouche
Tu comprens la fureur & ne l'éuite pas.

Armé d'vn courage intrepide
Il va retrouuer ce Prefect,
Et par vn discours contrefait
Insulte encore à ce perfide.
Seigneur, dit-il, je viens d'accomplir vos desirs;
Nos tresors assemblez peuuent à vos plaisirs
Richement estaler vn objet agreable.
Vous plaist-il de les voir? Il ne difere pas;
Et son orgueil charmé d'vn butin desirable
Ne rougit point alors d'accompagner ses pas.

Dès que ses yeux dans cette place
Eurent lancé quelques regards,
Et ne virent de toutes parts
Que cette horrible Populace:
Son esprit à ce coup estrangement surpris,
De son cœur alarmé par ce sanglant mépris
Voulut dissimuler & le trouble & la honte.
Mais son orgueil enfin vomit son noir poison;
Et se laissant aller au transport qui le dompte,
Fait parler sa colere & taire sa raison.

Quoy, dit-il, à moy cette offence !
A moy ce mépris outrageux !
Et qu'vn Apostat mal-heureux
Me traitte auec cette insolence !
As-tu donc bien osé, le plus fou des boufons
Chercher de place en place vn tas de vagabons
Pour railler deuant moy Cesar & son Empire ?
Quoy tu peux faire vn jeu de nos ressentimens !
Nostre pourpre est ta fable, elle te sert à rire !
Et tu cherche dans nous tes diuertissemens !

Aprés

Aprés ces impudentes taches
Dont on veut noircir vn Prefect,
Qui reconnoiſtra le reſpect
De nos faiſſeaux & de nos Haches?
Rome aura-t-elle veu le dernier des mortels
Brauer impunément le culte des Autels,
La Majeſté d'Auguſte, & nos Magiſtratures?
Non; elle fremira de ma ſeuerité:
Elle verra ton corps par d'eſtranges tortures
Me répondre aujourd'huy de ta temerité.

***

Ne croy pas que ton arrogance
Ioüiſſe d'vne prompte mort;
Ny que par vn leger effort
Elle t'arrache à ma vengeance.
En mille & mille endroits ton corps défiguré
Verra dans ſa douleur ſon trepas differé,
Ses tourmens infinis, & ſa peine immortelle.
L'artifice ſanglant des ſupplices choiſis,
Te reſeruant toûjours à des peines nouuelles
Punira de cent morts ton ſuperbe mépris.

D

Pendant que l'eclatante rage
De ce Magiſtrat furieux
Groſſit cét affront à ſes yeux
Et s'exaggere cét outrage ;
On voit en vn moment des bourreaux inhumains
Promettre à ſa vengeance & leurs cœurs & leurs mains,
Et d'eſtre ingenieux à punir ce grand crime.
Puis le viſage en feu, les yeux eſtincelans,
Saiſiſſent à l'enuy l'innocente victime,
Qui voit ſans s'émouuoir leurs efforts violens.

O Dieu ! qu'en ce premier orage
On vid vn corps enſanglanté !
Que d'horreur, que de cruauté !
Que de ſang & que de carnage !
On épuiſe les foüets, les ongles déchirans,
Les ſanglans ſcorpions, les peignes deuorans,
Et de ce corps entier on ne fait qu'vne playe.
Par cent tourmens diuers ſes traits ſont confondus ;
Et l'œil épouuenté d'vn ſpectre qui l'effraye,
Y cherche encor vn homme, & ne l'y trouue plus.

Iamais Tyran pour vne offenſe
N'a dans ſes tranſports vehemens
Permis à ſes reſſentimens
Vn ſi grand eclat de vengeance.
L'impitoyable auteur de cét acte odieux
Repaiſt auidement & ſon cœur & ſes yeux
D'vn cadaure viuant dont il fait ſa victime:
Et lors que les bourreaux, laſſes de tant de maux,
Portent le coup fatal pour acheuer leur crime,
Il arreſte leurs bras, & ſuſpend leurs couſteaux.

Il n'eſt pas temps à ſa colere
De ceſſer par ce chaſtiment,
Elle cherche bien autrement
Dequoy ſe pouuoir ſatisfaire.
De ces reſtes hideux des plus cruels tourmens
D'vne chair dechirée en cent tronçons ſanglans,
Elle va faire au feu de nouueaux ſacrifices.
Elle croit que le ſang qu'elle vient de verſer
N'eſt encor qu'vn prelude à de plus grands ſupplices,
Et l'eſſay des tourmens qu'elle veut exercer.

D ij

Dans ces monſtrueuſes pensées
Il fait auec empreſſement
Preparer l'affreux inſtrument
Des cruautés qu'il s'eſt tracées.
Vn effroyable lit de fers entrelacez
Rend à ſon ſeul aſpect tous les membres glacez,
Et porte par les yeux l'horreur dans les entrailles:
C'eſt là que ce Tyran ſe prepare à loiſir,
De voir du grand LAVRENT les triſtes funerailles
Pour contenter ſa rage & ſaouler ſon plaiſir.

Puis à l'ordre de ce perfide
On allume vn feu moderé,
Qui rend ſon braſier temperé
Plus cruellement homicide.
Il ne veut pas ſouffrir que les charbons ardans
Paſſent ſi promptement du dehors au dedans,
Et portent juſqu'au cœur leurs premieres atteintes.
Il ſçait les amortir & regler leurs efforts,
Afin que la vapeur de leurs flames eſteintes
Luy faſſe ſans mourir endurer mille morts.

Voicy

Voicy donc, Tyran, tes delices :
Ouure tes yeux empoisonnés :
Et voy ces membres décharnés
Sacrifiés à tes supplices.
Les Bourreaux asseruis au gré de leur Tyran
Sur ce Theatre affreux vont exposer LAVRENT
Tout degoutant encor de ses premieres peines :
Et ce corps douloureux qu'on n'ozeroit toucher
Est accablé par eux sous de cruelles chaisnes,
Et preßé durement sur ce triste bucher.

Grand Dieu, souffre-tu sur la terre,
Que l'audace des Souuerains
A l'Innocence de tes Saints
Fasse vne si cruelle guerre ?
Quoy, leur fierté sans borne & sans rien respecter
Oze tout entreprendre & tout executer,
Et contre leur orgueil tu n'armes pas ta foudre ?
Estends, grand Dieu, ton bras sur ces Grands criminels;
Tonne sur ces Geans pour les reduire en poudre,
Et vange en mesme temps tes Saints & tes Autels

E

Toute-fois ſi ta Prouidence
·Releue ainſi tes fauoris ;
Et ne leur donne qu'à ce prix
Le poids de cette gloire immenſe :
Si par l'art inconnu de tes ſacrez reſſorts
Tu ſçais en renuerſant ces orgueilleux efforts
Punir diuinement ces Puiſſances rebelles :
Grand Dieu, loin d'eclater contre tant de fureurs,
Nous beniſſons le ſort de ces faueurs cruelles
Qui couronnant tes Saints, confondent leurs Auteurs.

L'Orgueil de ces ames hautaines
Peut-il eſtre mieux abbatu
Que de voir enfin la Vertu
Triompher de toutes leurs peines ?
De voir des cœurs ſans priſe & des ames ſans peur
Maiſtreſſes des plaiſirs, comme de la douleur
Fouler également leurs maux & leurs careſſes ?
Faut-il pour les punir chercher d'autres Bourreaux
Que ce reſſentiment de leurs propres foibleſſes
Et le cuiſant dépit de perdre leurs trauaux ?

Ouy , qu'ils sçachent ces temeraires;
Ces imperieux Potentats
Qu'vn Chreſtien ne ſuccombe pas
Sous de ſi foibles aduerſaires.
Dieu qu'on attaque en luy ſe campe dans ſon cœur,
L'encourage au combat, le remplit de vigueur,
Et tout l'homme fait place à ce Dieu qui l'anime.
Le fer, le feu, la mort, ſont ſes vœux les plus grands,
Et Dieu veut en rendant ſon ſoldat magnanime
S'obſtiner à punir l'orgueil de ſes Tyrans.

N'eſt-ce pas ainſi qu'il maiſtriſe
Le perſecuteur de LAVRENT :
Et que l'inſulte d'vn mourant
Son Tyran meſme tyranniſe ?
Ce barbare attentif à ſes nouueaux tourmens
Enuiſageant ce corps dans ſes derniers momens
Se conſoloit de voir ſa rage ſatisfaite :
Mais il fut bien ſurpris qu'en cette extremité
Vn corps dans les douleurs autant qu'il le ſouhaitte,
Ait encor pour railler aßés de liberté.

E ij

Tyran , dit-il, ton temps se passe,
LAVRENT est à demy roty ;
Ie suis à ton goust assorty,
Mange , & fay moy changer de place.
Ce discours imprèueu , le perce jusqu'au cœur :
Il rougit de ployer sous vn si grand Vainqueur
Et d'auoir par ses maux signalé sa victoire.
On diroit que LAVRENT s'occupant de ces jeux,
Et ce Monstre écumant d'vne rage si noire,
L'vn couche sur la rôse, & l'autre sur les feux.

Diuin Heros que je reuere ,
Prodige en generosité ,
Où sens-je mon cœur transporté
Aussi-tost qu'il te considere !
Homme au dessus d'vn homme , & dont la fermeté
Montre en vn corps mortel l'impassibilité
Et preuient les effets d'vne gloire immortelle !
Que tu verras de cœurs dans les temps à venir
Surpris d'estonnement à ce recit fidelle
Et jetter de soupirs à ton seul souuenir !

Comment

    Comment peut ton ame mourante
    S'arracher au feu deuorant,
    Et separer le grand LAVRENT
    D'vne flame si penetrante?
Par quels enchantemens peux-tu charmer tes maux?
Quelle vertu secrette adoucit tes trauaux,
Et rend à tes tourmens ton cœur inacceßible?
Helas! nous le sçauons. C'est IESVS ton Sauueur:
C'est de son Saint Autel le Mystere terrible
Qui fut entre tes mains, & qui regne en ton cœur.

    Cette adorable nourriture
    Ayant penetré tous tes sens,
    Fait au milieu de tes tourmens
    Cesser l'ordre de la nature.
Ce Breuuage diuin, qui dans ces saints repas,
T'inuitoit tant de fois à souffrir le trepas,
Répand dans tout ton corps vne yvreße ineffable:
Et ce torrent d'amour qui brûle dans ton cœur
Dompte de ce bucher la flame redoutable,
Et t'y rend sa victime en t'en rendant vainqueur.

O trop heureux dans ta victoire
D'auoir irrité ces efforts
Qui déchirant ton sacré corps
Nous ont consacré ta memoire !
Trop heureux que le Ciel t'ait fait à ses Soldats
Vn modele acheué pour chercher les combats,
Pour affronter la mort & courir au supplice !
Tu seras vn exemple à la posterité,
Qu'insulter aux Tyrans, & picquer leur malice
N'est pas toûjours l'effet d'vne temerité.

Mais helas ! pendant que j'admire
Son Zele si vif & brûlant
Ie voy que la mort en tremblant
Vient pour terminer son Martyre.
Il refuse au Tyran & sa langue & ses yeux ;
Il consacre à son Dieu ces momens precieux.
Qui vont voir de LAVRENT la course terminée.
Il rappelle en son cœur ce qu'il a de vigueur ;
Et pour pousser à Dieu sa priere enflammée
Sa foy triomphe encor de toute sa langueur.

Grand Dieu, dont la bonté suprème
Accorde enfin à mon amour
De t'offrir en cèt heureux jour
Cet holocauste de moy-mesme!
Toy qui fais aujourd'huy l'espreuue de ma foy,
Qui m'armes du secours que j'attendois de toy,
Voy de ton seruiteur l'humble reconnoissance :
Voy mon cœur abbatu sous ta puissante main
Qui dans ce grand combat soustient mon impuissance,
Et couronne tes dons en couronnant ma fin.

Regarde, grand Dieu, ton Eglise,
Escoute ses justes desirs ;
Voy ses larmes & ses soûpirs,
Et romps le joug qui la maistrise.
Iusqu'à quand Rome ingrate à toutes tes bontez
N'a t'elle pour tes saints que des seueritez,
Et n'exerce contre eux qu'orgueil & tyrannie?
Assés, assés sur nous ont tonné ses Arrests :
Fay, mon Dieu, fay cesser cette noire manie,
Reprime son audace, & nous donne la paix.

Faut-il que dans ſa nuiȼt profonde
Vne fauſſe diuinité
Oze encore à ta verité
Diſputer l'empire du monde?
Faut-il qu'vn Iupiter t'arrache tes Autels?
Qu'vn homme infame ait place au rang des Immortels,
Et qu'il eſtonne tout d'vn foudre imaginaire?
Ie rougis de penſer à ces Monſtres diuers
Dont je laiſſe en mourant Rome encore tributaire.
Haſte toy, mon Sauueur, de la tirer des fers.

Que luy ſert d'auoir eſté teinte
Du ſang ſi noble & precieux
De ces deux Princes glorieux
Qui fonderent l'Egliſe ſainte?
Comment a-t-elle ozé depuis ces premiers temps
S'armer de la rigueur des plus cruels tourmens
Contre leurs Succeſſeurs & nos Prelats Auguſtes?
Le ſang de ces Martyrs, le cours de ces malheurs
Ne merite t-il pas que par des Loix plus juſtes
Rome meure à ſon crime & renaiſſe en ſes mœurs?

Ie plains

Ie plains cette Ville rebelle,
Ie pleure son aueuglement.
Que je cherirois mon tourment
S'il la pouuoit rendre fidelle !
Tu connois mes desirs, tu sçais ce que je veux:
Exauce auec mon sang le dernier de mes vœux,
Et reçoy mon esprit qui de ce monde passe.
I E S V S, voy ton Eglise, & console les tiens:
Et fay que Rome, enfin, deuienne par ta grace
De source de nos maux, la source de nos biens.

Ces mots finissent ses supplices;
Sa belle ame ardente d'amour
Va dans le celeste sejour
Gouster d'eternelles delices.
L'Eglise donc t'inuoque, ô Martyr Bien-heureux !
Voyant Dieu qui voit tout, tu lis en luy nos vœux.
Tu voy que le peché défigure nostre ame.
Rend nous I E S V S propice, attire nous à toy;
Et lançant dans nos cœurs vn rayon de ta flame,
Fay nous viure d'Amour, d'Esperance & de Foy.

F I N.

APPROBATION DES DOCTEVRS.

LE ſpectacle du Martyre de ſaint Laurent & de ſainte Apoline, que cette Traduction qui eſt priſe ſur les Originaux, repreſente fidellement aux yeux de tout le
monde, eſt capable d'allumer dans les cœurs les plus inſenſibles quelques eſtincelles
des flammes celeſtes de la charité qui ont embraſé les ames de ces grands Saints, en
meſme temps que leurs corps ont eſté bruſlés ſur les Grils & ſur les Buchers : La Foy
de IESVS-CHRIST, dont ils ont rendu dans Rome & dans Alexandrie des témoi-
gnages ſi genereux ne trouue rien dans cét ouurage qui ne reſſente parfaitement l'eſprit qu'il a reuelé, & qui ne ſoit conforme à la doctrine de l'Egliſe Catholique, dont
ſaint Laurent a eſté le Confeſſeur par ſa mort, comme il en a eſté le Miniſtre par ſon
caractere. C'eſt le jugement que nous faiſons de cette traduction. En Sorbonne ce
3. jour d'Aouſt 1662.

T. FORTIN Curé de S. Chriſtofle.

N. PETITPIED Docteur de la Maiſon & Societé de Sorbonne.

EXTRAICT DV PRIVILEGE.

PAr Lettres Patentes du Roy données à Saint Germain en Laye le 27. iour de
Iuillet 1662. ſignées, MOVSLIER, Il eſt permis à Charles Savreux Marchand
Libraire à Paris, d'imprimer, faire imprimer, vendre & debiter en vn ou pluſieurs
volumes le liure intitulé, *Le Martyre de Saint Laurent, en vers & en proſe, tiré des vers
de Prudence & de Surius*, &c. pendant l'eſpace de cinq ans, à compter du jour que
ledit liure ſera acheué d'imprimer pour la premiere fois, auec defenſes à toutes per-
ſonnes de quelques qualités & conditions qu'elles ſoient, d'en rien imprimer, vendre,
ny diſtribuer, ſous quelque pretexte que ce ſoit, que de ceux qui auront eſté imprimés
par ledit Savreux, ny meſme d'en contrefaire les figures, s'il y en a, à peine de trois
mille liures d'amende payables ſans deport par chacun des contreuenans, de confiſca-
tion des Exemplaires contrefaits, & de tous deſpens, dommages, & intereſts ; comme il eſt plus amplement contenu dans leſdites Lettres.

*Regiſtré ſur le Liure de la Communauté des Marchands Libraires & Imprimeurs ſuiuant
les Arreſts. Ce 4. d'Aouſt 1662.* Signé, *I. DV BRAY Syndic.*

Acheué d'imprimer pour la premiere fois le 8. jour d'Aouſt 1662.

Les Exemplaires ont eſté fournis ſuiuant le Priuilege.

www.ingramcontent.com/pod-product-compliance
Lightning Source LLC
LaVergne TN
LVHW020453060726
842525LV00005B/1692